くろグミ団は名探偵 紅サンゴの陰謀

ユリアン・プレス 作・絵
大社玲子 訳

岩波書店

ベルトランへ
そして、読書会や手紙を通して
新たなアイディアのヒントをくださる
想像力ゆたかで勘のするどい
読者のみなさまへ

FINDE DEN TÄTER
GEHEIMBUND ROTE KORALLE

by Julian Press

Copyright©2007 by CBJ Verlag, München, a division of
Verlagsgruppe Random House GmbH, München, Germany.

First published 2007 by CBJ Verlag, München, a division of
Verlagsgruppe Random House GmbH, München, Germany.

This Japanese edition published 2016
by Iwanami Shoten, Publishers, Tokyo
by arrangement with CBJ Verlag, München, a division of
Verlagsgruppe Random House GmbH, München, Germany
through Meike Marx Literary Agency, Japan.

はじめに

　なかよしのフィリップ、フロー、カーロの3人は、いつも学校の帰り道に、ハト通り23番地のおかし屋によるのを楽しみにしています。お目当ては、甘草味のくろいグミ（ラクリッツ）。
　おかし屋の店主レオさんは、カーロのおじさんです。レオさんの弟のラース警部もよく来ますが、やっぱりくろいグミが大好き。
　でも、あまいおかしより、みんながもっと夢中になるものがありました。それは、なぞの事件です。
　5人は探偵グループ「くろグミ団」を結成しました。本部はレオさんの店の屋根裏。そこは、ハト通りにちなんで「ハトの心臓」と名づけられました。
　くろグミ団は、すでにいくつかの事件を解決にみちびいていて、その腕前は評判になっていました。

くろグミ団のなかまたち

フィリップ

いつもオウムのココをつれていて、鳥の鳴き声を聞き分けられる。根気強く、総合的な判断力にすぐれている。

カーロ

本名はカロライン。スポーツ万能で、電光石火のひらめきと、するどい勘の持ち主。

フロー

本名はフロレンティン。からだは小さいけれど、ばつぐんの観察力をほこる。

レオさん

おかし屋の店主。探偵団のリーダー格。

ラース警部

本職の刑事。コンピューターにつよい。

もくじ

紅サンゴの陰謀
6

ロジタニア号盗難事件
38

ツルの森のどろぼう
66

レースのえり飾りのなぞ
94

紅サンゴの陰謀

1 鍾乳洞の落としもの

ここは小さな侯国サン・ポルダヴィーン。祝祭の日にカロルス2世をねらった黒い石弓の射手のゆくえを追っていたくろグミ団は、鍾乳洞へはいりこみ、ついに水面に出ている射手の頭を見つけました。

ところが、まさに逮捕というその瞬間、射手は水中にもぐってしまいました。そして、はなれた場所にひょっこり頭を出し、川を泳いで、にょきにょき生えている石灰柱のむこうに消えたのです。子どもたちは、あっけにとられ、射手がすがたをくらました暗闇を見つめました。

「とにかく、追いかけよう」フローのよびかけで、くろグミ団と衛兵たちは、川にそって進みました。まっ暗で、フィリップの懐中電灯の光だけがたよりです。

「あそこ！」遠くに浮かぶ人影を、カーロが指さしました。

くろグミ団は浅瀬をバシャバシャと歩き、石をとびこえ、けんめいに追いかけました。けれども射手はまた見えなくなり、フィリップが懐中電灯ですみずみまで、くしですくようにてらしても見つかりません。

一行が追跡をあきらめようとした、そのときです。カーロがフィリップのシャツのそでを引っぱって、もう一度、ある場所をてらしてほしいとたのみました。

問題▶▶カーロは、なにを発見したのでしょう？

2　朝の散歩

　カーロは、浅瀬でなにかが、きらっと光ったのに気がついたのです。それは、楕円形のメダルがついたブレスレットでした。
　「ひょっとすると、あいつが落としてったんじゃないかな」フローはそういって、注意深くそのブレスレットを調べました。メダルの片面には、はっきり"B.S."という頭文字、もう一方の面には、なぞのエンブレムが彫ってあります。
　カーロは、ブレスレットを上着のポケットにしまいました。射手をさがす手がかりになるかもしれませんから。
　翌日の朝、くろグミ団が、サン・ポルダヴィーンの旧市街を散歩していたときでした。
　「あっ、あれ！」とつぜん、フィリップがうれしそうに声をあげました。「見ろよ、上のほう。あのブレスレットのエンブレムと、そっくりのがある」そういって、なかまたちの視線をむけさせました。

問題▶▶フィリップは、なにを見つけたのでしょう？

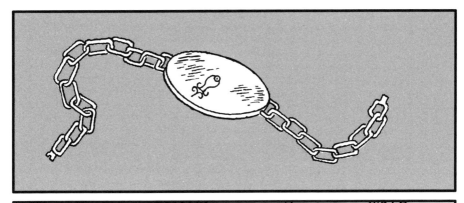

3　秘密の集会

　フィリップは、時計塔を指さしました。旗が風にはためいています。よく見ると、大時計の短い針が、ブレスレットのエンブレムとそっくり同じかたちをしていたのです。
　3人はさっそく、塔の階段にかけこみました。ところが、そのとたん、フローが指をパチンと鳴らしました。
　「いや、ここじゃない。時計が見えるのは、となりの建物だ！」
　フローは、大時計を近くで見て慣れ親しんでいる人が、短針と同じかたちのエンブレムをつくったと推理したのです。
　くろグミ団が、となりの建物のうす暗い階段に足をふみいれたとき、大時計がちょうど9時の鐘を打ちはじめました。
　「しーっ、声が聞こえる！」と、フローがささやきました。
　3人は、しのび足で屋根裏へのぼりました。かわるがわる床の節穴をのぞいてみると、びっくり！　下の部屋に、なんともあやしげな人たちがいるではありませんか。
　「このたび、同志のひとりが災難にあい、ブレスレットをなくした。われわれのなかに、だれも裏切り者がいないことを確認する必要がある。順番に暗号名を名乗るように」と、リーダーらしき人物がいいました。
　「ベラ」「ニシン」「サンマ」「ゴマメ」「ヒラメ」「ミルガイ」「ツブガイ」「ケガニ」「ツナシ」「シラウオ」「ヤマメ！」つぎつぎに名乗る声が聞こえます。
　「これは、秘密結社だ」と、フローがささやきました。

　問題▶▶秘密結社は、なんという名前でしょう？

4 「シラウオ」のなぞ

　ベニサンゴヒミツケッシャ──それが秘密結社の名前でした。フローは、暗号名の頭文字をならべたのです。かざり棚においてあるサンゴの置きものが、それを裏づけていました。あのブレスレットの"B.S."は、ベニサンゴのことでしょう。

　くろグミ団は息をのんで、聞き耳をたてました。ところが運わるく、フィリップの足元の床がギィッと鳴ってしまったのです。その瞬間、下の部屋でささやき声が起こり、明かりが消えました。

　「まずいよ、どうする？」3人は暗闇のなかで顔を見あわせました。若い探偵たちは、のぼってきたときと同じように、音をたてずに建物から立ちさりました。

　翌日は、市が開かれる日でした。フィリップは、なかまといっしょに歩きながら、前日のことを、あれこれ思いめぐらしていました。

　「ぼくたちが見つけたブレスレットは、石弓の射手のもの。そしてあいつは秘密結社の一員。そこまではまちがいない。だけど、紅サンゴ秘密結社って、いったいなんなんだ？」

　「ともかく、射手のほかに、共犯者が10人いるってことはたしかだね」と、フローがいいました。

　「そういうことね」と、カーロが応じました。「声からすると、『シラウオ』は女だと思うの。中指に大きな黒い石の指輪をはめてたし」そこで言葉がとぎれました。

　「ねえ、こんなことって信じられる？　シラウオがいる！」

問題▶▶シラウオは、どこにいたのでしょう？

5　ドラッグストアにて

　屋台のうしろにいる魚屋、その人こそ、シラウオでした。カーロは、指輪で見分けたのです。
　「暗号名にしちゃ、笑えるね！」と、フィリップ。
　3人は屋台に近づきました。フィリップとカーロは、ニシンの酢漬けの樽のそばに立って、シラウオのようすを観察しました。そのあいだに、フローはごみ入れの箱にこっそりしのび寄り、一瞬のすきに、紙切れを1枚ぬきとりました。

　「ちょっと見て！」フローは、フィリップとカーロにささやき、厚紙の切れはしを見せました。なにかのパッケージのようです。
　「なんの箱だろう？」と、フィリップは考えこみました。探偵たちは、かろうじて読みとれた住所をたどることにしました。

　やってきたのは、コンラート・プルチョウスキー・ドラッグストア。ショーウィンドウのまえで、フローがさけびました。
　「そういうことか！　紅サンゴのやつらがここでなにを手に入れていたか、ぼくたち、とっくに推理できたはずだったのに！」

問題▶▶秘密結社が買ったものは、なんでしょう？

6　射ぬかれた街灯

　このドラッグストアで、紅サンゴ秘密結社が危険な"くしゃみ粉"を調達していたことに、疑いの余地はありませんでした。
　「きっともう一度、カロルス2世にいやがらせをしようとしてるんだわ」と、カーロは疑いをつのらせました。
　「祝祭の日、あの忌まわしい黒い矢に、くしゃみ粉はぬられてなかった。だから、侯爵はくしゃみの発作に苦しまずにすんだけど」と、フィリップ。
　「やつらは、つぎの機会をねらってるってことか！　ぜったい阻止しなくっちゃ」

　夕方、3人の探偵たちはマーケット広場の「カフェ・フラミンゴ」で、アイスクリームを食べていました。
　そのとき、シュッ！　と、小さなするどい音が頭上を走ったかと思うと、街灯の明かりが消えました。おどろいたフィリップは、アイスクリームからウエハースを落としてしまいました。
　「たいへんだ、石弓の射手が、また動きはじめたぞ！」と、フローが街灯のカバーを射ぬいた黒い矢を指さしました。射手は、まちがいなく近くにいます。
　「早く来て。やつがどこにいるか、わかった！」と、フィリップが興奮してさけびました。

問題▶▶石弓の射手は、どこにいたのでしょう？

7　巨大迷路

フィリップは、むかいがわの家の屋根の上、煙突のかげにひそむ射手を発見していました。

「今度こそ、逃がすもんか！」

くろグミ団は、建物の外壁にとりつけられた避難用のはしごをよじのぼったり、建物と建物のあいだをすりぬけたりして、逃走者のあとを、けんめいに追いかけました。

射手のすばやいこと！　旧市街の家並みを、風のように屋根から屋根へとかけ、イタチのように屋根から塀へとびうつります。そして、侯爵領公園のしげみのなかに消えました。

3人は、高みから公園を見下ろしました。

「あそこにいるわ！」とカーロがさけんで、人影を指さしました。射手が、巨大迷路のまんなかにある騎馬像のところにいるのが見えたのです。

「追いつめて、つかまえるぞ」と、フィリップが意気ごみました。

「だけど、どの入口からはいれば、あそこに行けるんだろう？」と、フローは慎重です。

「わたしのあとに、ついて来て」と、カーロが塀をとびこえながらいいました。「入口を見ーつけた！」

問題▶▶騎馬像に通じているのは、どの入口でしょう？

8　あとかたなく消える術

　カーロは迷路のむこうがわへなかまたちをみちびき、小さなボールがおいてある入口のまえに立ちました。
　「この道を行けば、騎馬像のところに着くわ」
　3人は迷路を進みました。カーロのえらんだ入口は大正解、しばらくすると、大理石の騎馬像のまえに出ました。しかし、黒い石弓の射手のすがたは見当たりません。
　「いったい、どこに消えたんだ？　また迷路にはいるわけないよね。ほかの道からは出られないんだから」と、フィリップ。
　「魔法みたい！　宙にとけたっていうの？」と、カーロはくやしがりました。
　探偵たちは、あたりを念入りに調べました。けれども、これといって手がかりになりそうなもの、塀を乗りこえた形跡もありませんでした。
　時間ばかりがすぎていきます。
　しばらくして、ついに、騎馬像のまわりを観察していたフローが重大な発見をして、さけびました。
　「来て！　わかったよ、どこをさがさなきゃならないかが！」

問題▶▶フローは、なにを発見したのでしょう？

9　鍵はどこ？

　フローは、騎馬像が立っている台座の側面に、ブロンズの飾りパネルが貼られていて、そのなかの1枚に蝶番がついていることに気づいたのです。開閉できるにちがいありません。

　力いっぱい引っぱると、飾りパネルは、ギィーと音をたてて開きました。

　フローがなかにもぐりこんでみると、その先に、なんと、せまくて暗い穴がつづいていました。フィリップとカーロも、あとにつづきました。これは秘密の通路です！　いったい、どこへ通じているのでしょう？

　3人は暗闇のなかを進みました。やがて前方にうす明かりがさしてきて、出口にたどり着きました。出口は鉄の格子戸でふさがれていて、はるかむこうに、カロルス2世の城が見えました。格子戸には、しっかり鍵がかかっています。

　「あいつめ！　今夜、城では大がかりな仮装舞踏会があるんだ。黒い石弓の射手がやすやすとはいりこんで目的をはたすには、絶好のチャンスだろうな」と、フローがくやしがりました。

　フィリップはあきらめず、懐中電灯で、とびらの外の茂みをてらしました。すると、それほどはなれていない草のうえに、鍵束が見つかったのです。カーロが腕をのばして木の枝をひろい、それを使って器用に鍵束を引き寄せました。

　「カーロ、うまいぞ！」と、フロー。

　「ここを開けられる鍵があるはずだ。早くさがして！」待ちきれないフィリップが、せきたてました。

問題▶▶鉄の格子戸の鍵は、どれでしょう？

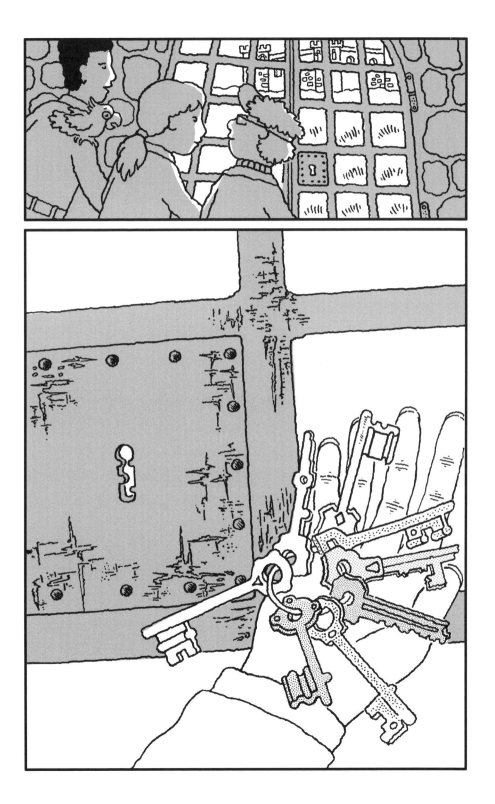

10　うさんくさい番人

　カーロがひし形の透かしがはいった鍵をえらび、鍵穴にさしこみました。重い格子戸がゆっくりと開きました。くろグミ団は外にとびだし、城のある丘のほうへ走っていきました。
　城の正面にあるはね橋には、ふたりの番人が立っていて、訪問客の招待状をきびしくチェックしていました。みんな仮装しており、仮面をつけている人もいます。
　「あんなに警備が強化されているところに、石弓の射手が近づくとは思えないな」と、フィリップがいいました。「きっと、ほかの入口から城にはいろうとするよ」
　くろグミ団は、城の側翼のほうへ走っていきました。すると、門のかかった通用口が見つかりました。カーロは木のとびらをたたきましたが、反応はありません。それでもあきらめずにたたきつづけると、ようやくとびらが開き、番人がすがたを見せました。
　「うるさいなぁ、なんの用だ、小僧たち！　正門はあっちの角をまがったところだ。ふん、おまえたちはどう見たって、仮装舞踏会のお客とは思えないがな！」と、番人はうす笑いを浮かべました。
　「見た？　あいつは紅サンゴの一員よ！」その場をはなれながら、カーロがいいました。

問題▶▶カーロは、どうしてそう確信したのでしょう？

11　奇妙な侯爵

「戸棚に三角頭巾があったのに、気づかなかった？　紅サンゴのメンバーがかぶってたのと同じよ！」カーロは興奮していいました。

「ということは、黒い石弓の射手は通用口から城にはいったってことか」と、フロー。

「そうだな」と、フィリップがうなずきました。「おそらく、ほかの9人のメンバーだって、もう通してもらってるさ！」

ちょうどそのとき、力強い声が聞こえてきました。

「親愛なる友たちよ、よく来てくれました！」

侯爵カロルス2世、その人でした。侯爵は城のバルコニーからくろグミ団に手をふって、はね橋の正門へまわるようにと、身ぶりで伝えました。

そこで、3人は、はね橋へ行って待ちました。けれども、侯爵はいっこうにあらわれません。

「なんかへんだよ！」フィリップがそういって、時計を見ました。「ずいぶんたってるけど、侯爵はどうしたんだろう？」

34分後、ようやくカロルス2世が若い探偵たちを出むかえにきました。フィリップは、侯爵に危険がせまっていることを、いそいで知らせようとしました。

「侯爵をねらっているやつらがわかりました。その名は……」

「しーっ、なにもいうな！」フローがひじでついて、フィリップをだまらせました。

問題▶▶フローは、なにに気づいたのでしょう？

12　カロルス２世

　カロルス２世は、疑うような目つきで、探偵たちをじろりとにらみました。入城許可をもらうと、くろグミ団は城の庭を見たいからといって、すぐに侯爵とわかれました。

　「気がつかなかった？」と、フロー。「バルコニーの上からあいさつしてくれた侯爵の口ひげはカイザーひげ、つまり上向きだった。だけど、さっきあらわれた侯爵のひげは、下向きだったんだ！」

　「わたしたちが待ってるあいだに、だれかがカロルス２世とすりかわったっていうの？」と、カーロがおどろきました。

　「そう。まちがいなく、あのにせ侯爵は、紅サンゴの一味だよ！」と、フローは確信をもっていいました。

　本物のカロルス２世はどこかに捕らえられている——くろグミ団はそう直感しました。秘密結社の陰謀をあばくため、侯爵をできるだけ早く助けださなければなりません。探偵たちは、城の部屋をひとつひとつ、くまなくさがしました。

　そのとき、オウムのココが、城の角にある塔の上をぐるぐる飛びまわっているのが目にはいりました。３人はその塔にむかって走りました。それは、昔、囚人たちがひそかに閉じこめられていた監獄塔でした。監獄塔の半地下室のまえを通りかかったときです。かすかに奇妙な声が聞こえました。

　「いま、なにか聞こえなかった？」と、カーロがいいました。

　しかし、半地下室にはだれもいません。と、そのとき、うめき声が聞こえました。フィリップはぴんときました。

　「わかったぞ、侯爵がどこに閉じこめられているか！」

問題▶▶フィリップは、どこに侯爵がいると考えたのでしょう？

13　紅サンゴに注意

　くろグミ団は、床のあげぶたを開けるため、大きな長持ちをおして、わきへずらしました。
　「よかった、鍵がささったままだ！」と、フィリップ。
　侯爵カロルス2世は、地下の密室に監禁されていたのです。3人は、すばやくはしごをおりると、侯爵をしばっていた縄とさるぐつわをほどきました。そして侯爵といっしょに、半地下室にもどった、そのときです。
　「こんなことだろうと思ったぜ！　おまえらみたいなガキどもにじゃまされてたまるか！」荒々しい声がひびき、にせ侯爵が、くろグミ団の行く手をさえぎりました。
　フィリップ、フロー、カーロも、負けてはいません。力をあわせ、にせ侯爵をつかまえて、みごと地下に閉じこめました。
　「一丁、あがり！　これで紅サンゴをひとり、確保したぞ！」あげぶたの鍵をぬきとって、フィリップがいいました。

　くろグミ団は、秘密結社のほかのメンバーをさがしに、大広間にいきました。仮装舞踏会がたけなわです。
　「ここに、三角頭巾をかぶった紅サンゴがそろってあらわれても、ぼくはおどろかないぞ！」と、フローは強気です。
　でも実際にその光景にであったとき、探偵たちは目を疑いました。仮装した客たちのなかに、ほんとうに秘密結社の人物たちがいたのです。まぼろしではありません。

問題▶▶紅サンゴのメンバーは、どこにいたのでしょう？

14 ゴマメを御用

「ほら、あそこ！」フローが、柱廊のいちばん右のアーチ窓からのぞいている三角頭巾すがたの3人を指さしました。

くろグミ団は、そっとしのび寄り、会話を立ち聞きしました。それがヒントになって、大ぜいの招待客にまぎれこんでいるほかの三角頭巾もつぎつぎにさがしあてました。こうして、紅サンゴのメンバーを全部で9人、発見したのでした。

くろグミ団がそのことを侯爵に報告すると、侯爵はすぐに衛兵を集め、秘密結社の陰謀を阻止せよ、と命じました。

ふいをつかれた紅サンゴのメンバーたちは、たちまち衛兵たちにとりかこまれました。あの通用口の番人もいます。ところが、混乱のなか、衛兵は一味の2人をとり逃がしてしまいました。太っちょのリーダー「ヤマメ」と、針金のようにやせた「ゴマメ」です。

くろグミ団は、ねばり強く2人を捜索しました。カーロを先頭に、デコボコした石のらせん階段をおりると、円天井の地下倉庫に出ました。中世騎士の甲冑がずらりとならんでいます。

「がっかりだ、ここには人の気配がまったくない！」とフローがいい、引きかえそうとしたときです。

「いそぐことはないよ！」と、フィリップがブレーキをかけました。「ひとりは、もうつかまえたのも同然！ おそらく、網にかかったのはゴマメさ！」

問題▶▶ゴマメは、どこにかくれていたのでしょう？

15 死者(ししゃ)のなかで生きる

　フィリップのいうとおりでした。細身(ほそみ)なゴマメは、ドアのうしろの甲冑(かっちゅう)のなかにかくれていました。くろグミ団はにせ騎士(きし)を封(ふう)じこめ、かけつけた衛兵(えい へい)にひきわたしました。

　あとはヤマメです。探偵(たんてい)たちは、アーチ形をしたもうひとつの入口にむかって進(すす)みました。入口の上には「侯爵家地下納骨室(こうしゃくけちかのうこつしつ)」という文字が、かろうじて読みとれます。

　「地下の墓場(はかば)だ」フィリップが身ぶるいしながら、ドアを開(あ)けました。

　子どもたちは、暗闇(くらやみ)に足をふみいれました。ろうそくのかすかな光しか見えません。ようやく目がなれると、そこかしこに、装飾(そうしょく)をほどこされた棺(ひつぎ)や墓石(はかいし)がおかれているのが見えました。

　「もし、ぼくがヤマメだったら、たとえまよいこんだとしても、こんなところにはいられないよ」と、フローがささやきました。

　「だけど」と、カーロ。「これ以上(いじょう)いいかくれ場所(ばしょ)は、ないんじゃない？死者のあいだにまじるなんて、だれも考えないもの。だから、ヤマメはここに逃(に)げこんだんだわ。ほら、わかった？」

問題▶▶ヤマメがかくれているのは、どこでしょう？

16　甘い秘密

　紅サンゴのリーダー、ヤマメは、地下納骨室の入口の左がわにおかれた棺のなかにかくれていました。カーロは、棺のふたがほんの少し開いていて、生きた人間の手がふたを支えているのに、気がついたのでした。
　こうして、紅サンゴ秘密結社のメンバー10人が逮捕されました。
「これで、いちおう片がついた」と、フィリップがいいました。「足りないのは、黒い石弓の射手だけだ。全員一掃まで、あとひとり！」
　とはいえ、くろグミ団は、いまだに射手についてなんの手がかりもつかめていませんでした。

　城の庭園では、祝宴の準備がととのえられていました。
「なにひとつ見のがさないよう見張るんだ！」と、フィリップが警告しました。「もしもやつが危険な"くしゃみ粉"の矢を放ったらどうなるか、わかってるだろう？　カロルス2世は、不幸なご先祖と同じような目にあって、生きてるあいだずーっと、くしゃみがとまらなくなるんだ」
　そのとき、どういうわけかオウムのココが急に飛びたちました。周囲を見まわしたフローが、フィリップのそでをつまんで引っぱりました。
「早く来て。やつがどこにひそんでいるか、わかったよ！　ほんとうに神出鬼没なんだから！」

問題▶▶石弓の射手は、どこにひそんでいたのでしょう？

ロジタニア号盗難事件

1 船だ、ヤッホー！

　ココは、巨大なデコレーション・ケーキのおかれたテントの上をぐるぐると飛びまわりました。じつはケーキは見かけだけで、なかは空洞。黒い矢が、侯爵の席にむけられていました。

　とつぜんココは、テントの屋根の布をてっぺんのかざりごと足でつかんで、いっきに引き落としました。テントがバサッとたおれました。ケーキのなかにかくれていた射手はたちまち衛兵につかまり、牢屋へほうりこまれました。あっぱれ、ココ！

　こうして、紅サンゴの陰謀はくいとめられたのでした。

　侯爵は大よろこびし、石弓の呪いを解いてくれたお礼に、くろグミ団の子どもたちを、大型客船ロジタニア号のクルーズに招待しました。

　出航の日。ロジタニア号の船長が、埠頭で探偵たちを出むかえてくれました。そして、乗客のなかには世界的に有名な宝石店の店主フローレ・ゴルトシュタイン夫人もいると告げました。

　「クルーズのあいだ、目を光らせてくれたまえ。きみたちをたよりにしているからね」と、船長はいいました。

　出航の時刻まで、あと1時間半。3人は、船着場の展望台から、乗客たちや出航の準備を観察することにしました。

　「宝石商は相当高額の保険をかけてるんだろうな」と、フィリップがつぶやきました。

問題▶▶フィリップは、なにを見てそういったのでしょうか？

2　船長をさがす

　フィリップは、クレーンがデッキに運びあげている大きな箱に気がついたのです。箱には「宝石店ゴルトシュタイン」と大きく記されていました。

　くろグミ団は、さいごの乗客といっしょに船に乗りこみました。きっかり12時15分、出港の合図が鳴りひびき、ロジタニア号は錨をあげました。フィリップ、フロー、カーロの3人は、デッキに立って、カモメのむれをながめました。

　「どうしてカモメが船についてくるのか、わかるかい？」と、フィリップがいいました。「スクリューがかきたてる波のおかげで、魚が水面まであがってくるんだ。カモメは、それをねらって……」

　「やあ、きみたちがくろグミ団かい？」船員がかけ寄ってきました。「船長がよんでるよ。緊急だってさ」それだけいうと、船員はさっていきました。

　「そんなこといわれても、船長がどこにいるかわからないじゃないか」と、フロー。

　「だいじょうぶ」と、カーロ。「たぶん、わかると思う」

問題▶▶船長は、どこにいるのでしょう？

3　157号室

　カーロは、船長が船室に通じるドアをはいっていくのを見たのです。くろグミ団はいそいで追いかけました。

　船長は、157号室のまえで、心配そうな顔をして立っていました。

　「きみたち、とてもこまったことが起きたんだ。この部屋のドアが半開きになっているのを客室係が見つけてね、ノックしても返事がないので、開けてみたんだそうだ。そしたらこのざまだ。ひどいだろう？」

　船長は、探偵たちを船室にまねきいれました。ひどく荒らされています。スーツケースのなかはひっかきまわされ、衣類が散乱しています。

　「あざやかな手ぐちだ」フィリップが、錠前を調べていいました。「こじ開けたあとはなし。かんたんな型だから、合鍵も必要なし。キャッシュカードかなんかをさしこんで、すすっとやったんだろう」

　「この部屋のお客さまには知らせたんですか？」部屋を出ながら、カーロが船長にたずねました。

　「いや、まだなんだ。クリンゲンベルク夫人というお客さまで、アナウンスでよびだすよう指示したところだ」と、船長は答えました。

　「その必要はないですよ」プールのそばを通りかかったとき、フィリップが口をはさみました。「その人、あそこにいます！」

問題▶▶フィリップは、どうやって157号室の乗客を見分けたのでしょう？

4 ティーサロンで

　フィリップはさえていました。被害にあった157号室の壁には、犬のリードがかかっていた、つまりクリンゲンベルク夫人はいま、リードなしで犬をつれているはずだと考えたのです。
　犬をバスケットに入れた女の人が、プールのむこうがわを歩いていました。船長に確認すると、ペットをつれた乗客はひとりだけだといいます。157号室の乗客にちがいありません。
　船室にもどったクリンゲンベルク夫人は、ショックをかくしきれない様子でした。でも、なにもぬすまれていないと、くろグミ団と船長に報告しました。
　くろグミ団はデッキに出て、事件について考えました。
　「可能性はふたつ」フィリップがいいました。「犯人はさがしていたものを見つけられなかったか、あるいは、単純に部屋をまちがえたかだ！」
　「部屋まちがえに一票」と、カーロが応じました。「犯人は宝石商の部屋をねらうつもりだったのよ。だってゴルトシュタイン夫人の部屋は、となりの156号室なんだもん！」
　探偵たちの忠告をうけて、船長は、ゴルトシュタイン夫人の船室を、べつの部屋にうつすことにしました。

　楽しいおやつの時間です。子どもたちはティーサロンにはいりました。
　「宝石商さん、みーつけた！」すぐに、フローがいいました。

問題▶▶ゴルトシュタイン夫人の新しい船室は、何号室でしょう？

5　盗難事件

　キラキラの豪華な宝飾品をつけたゴルトシュタイン夫人をふりむかない人は、おそらくいないでしょう。柱のうしろの丸テーブルに黒髪の女性とともにすわっている夫人を、フローはすぐに見つけたのでした。テーブルには、27と記された鍵がおかれています。

　つぎの2日間はおだやかにすぎました。その翌日、ロジタニア号はベルゲンフーゼンの港に5時間とまる、とアナウンスがながれました。

　さいしょの上陸に、乗客たちは活気づきました。フィリップ、フロー、カーロの3人は、ほかの人たちにまじって、市街見物ツアーに参加することにしました。

「ごらんください！　こちらの建物が街いちばんの名所、コリネリュウスの館です。1657年に建造され……」
　と、そのとき、とつぜん観光ガイドの案内がさけび声でさえぎられました。
「どろぼう、どろぼう！」
　子どもたちはびっくりして、まわりを見まわしました。興奮した声の主は、なんと、あの157号室の犬づれの夫人です。
「なにがぬすまれたのかわかったわ！」カーロはそうささやいて、なかまたちとともに、ただちに追跡調査をはじめました。

問題▶▶ぬすまれたのはなんでしょう？

6　海辺の追跡調査

　子犬の首輪がぬすまれた、といううわさが、あっというまに伝わりました。
「ご主人からの贈りもので、ダイヤモンドをちりばめた首輪なんだって」
フローはそんな言葉を耳にしました。

　くろグミ団は、来た道をもどり、砂と砂利がいりまじった海辺にたどり着きました。
　そのとき、カーロが、石のあいだになにかを発見しました。
「ねえ、これなにかしら？」そういって、ひもの切れはしをフィリップとフローに見せました。かぎ針と、浮きのようなものがついています。
「ふん、そんなものになにか意味があるっていうの？」フローは大きな声でいったあと、ひとりつぶやきました。「待てよ、どんな人が、それをなくしたのかって考えると……」

　ロジタニア号にもどるやいなや、フィリップが、それをなくしたかもしれない人物を見つけました。
「ごらん、あの海辺の落としものは、たぶん、あそこにいる人のものだ！」
フィリップがいそいでなかまに教えようとしましたが、その瞬間、その人影は消えてしまいました。

　問題▶▶フィリップは、だれのことをいったのでしょう？

7　予定外の航行ルート

「たしかにこの目で、釣りざおをもっている男を見たんだよ、3階デッキの換気口のそばで。きっと、あいつが市街見物のグループのあとをつけて、釣りざおで首輪をぬすみとったんだよ」と、フィリップはいいました。
「操舵室(ブリッジ)に行こう。事件のことを船長に報告しなきゃ！」

操舵室(ブリッジ)に行くとちゅう、くろグミ団は船長にばったり会いました。そして、船が予定のルートからそれて航行していると知らされて、ひどくおどろきました。

「この船、いま、どこにむかってるの？」と、カーロ。
「それを当てるのは、そんなにむずかしくないよ！」ガラスごしに操舵室(ブリッジ)をのぞきこんで、フローが答えました。

問題▶▶ロジタニア号は、どの港を目指しているのでしょう？

8　意外なお客

　フローは、羅針盤の針がさしている北東の方角と、船の位置を見くらべて、つぎの寄港地をわりだしました。
　そしてまもなく、船はフェールホルンベルの港に着きました。
　船がとまると、やせぎすの男性が、するすると階段をのぼってきました。
「はじめまして！　グリースバッハと申します。ちょっとおじゃまさせていただきますよ。お手間はとらせません」
　その男性は船長にあいさつをし、手短に自己紹介をしました。盗難事件を調査するために送りこまれた保険会社の代理人だといいます。できるだけすみやかに解決するため、本社のあるフェールホルンベルの港まで、ロジタニア号にわざわざまわり道をしてもらって、乗りこんできたのでした。
「あの保険屋さん、いったいどんな手品を見せてくれるのか、知りたいもんだね」くろグミ団は興味しんしんです。

　翌日は、クルーズ2度目の上陸でした。乗客が観光しているあいだに、グリースバッハは調査をはじめました。
　きっかり15時に、くろグミ団は港にもどりました。新しい情報を得ようと保険屋をさがしましたが、見あたりません。
「どこにいるんだろう。船かな？」と、フィリップ。
「バーで、聞き取りでもしてるんじゃない？」と、フロー。
「ちがう、あそこにいたわ！」カーロがさけびました。

問題▶▶グリースバッハは、どこにいるのでしょう？

9　4人の警備員

　カーロは、船のまるい窓に、グリースバッハのパイプがちらっと見えているのに気がついたのでした。
　ところが、行ってみると、船室には鍵がかかっていました。くろグミ団がドアのまえで聞き耳をたてると、かすかにうめき声が聞こえます。すぐに船員をよんでドアを開けてもらうと、なんとグリースバッハはさるぐつわをかませられて、ソファにすわっていました。
　「よかった、きみたちが来てくれて」保険屋は深く息をついて、いいました。「うしろから近づいて来た何者かに、頭をボカンとやられ、しばりあげられたんだ。おそらく、わたしと居合せたんじゃ、ぐあいの悪いやつがいるんですよ！」

　探偵たちはデッキに出て、手すりごしにラウンジを見おろしました。
　「おかしいなあ。グリースバッハが乗船していることを知っているのは、内情に通じたごくわずかな人だけなのに」と、フィリップ。
　「ねえ、見て。こっちではいまのところ、ロジタニア号の4人の警備員が、がっちり態勢を組んでガードしているわ！」と、カーロがいいました。
　「ほんとうだ。みんな同じ服装、黒いサングラスをかけてる。4人の視線が交差するところにすわっているのが、見はられている重要人物だね！」と、フィリップがつけくわえました。

問題▶▶見はられているのはどの人でしょう？

10　食堂の悲鳴

　ロジタニア号の4人の警備員がたえまなく見はっている人物は、黒いリボンのついた明るい色の日よけ帽をかぶり、藤の椅子にこしかけて、新聞を読んでいました。突発事件以来、そうやってとくべつにガードされていたのは、宝石商フローレ・ゴルトシュタイン夫人にほかなりません。

　夜8時、チャイムが鳴りました。ロジタニア号の食堂に夕食の用意ができた合図です。ぜいたくなビュッフェ形式の夕食には、魚、エビ、貝類、肉料理が、美しくもりつけられています。くろグミ団がごちそうに目をうばわれていると、とつぜん、悲鳴が聞こえました。
　「むこうのテーブルからだよ！」と、フィリップがさけびました。3人は、すぐにとんでいきました。
　「たいへん、フローレ・ゴルトシュタインがどろぼうにあったみたいよ！」と、カーロ。ぬすまれたのは、宝石商がつけていたエメラルドのネックレスであることがわかったのです。
　食堂を見わたしたフローが、ささやきました。
　「まだ、まにあう。ついて来て！　ぼく、だれがそのキラキラしたものを持ってるか、わかったから！」

問題▶▶フローは、どの人のことを言ったのでしょう？

11　機関室探索

　料理をはこぶウェイターのひとりが、オマールエビのお盆にぬすんだ宝石をのせて、堂々と立ちさろうとしていたのです。
　「なんて大胆なんだ！」フローがささやきました。
　くろグミ団は、すばやくウェイターに近づいていさました。ところが、ウェイターのほうでも、自分が見やぶられたことに気づいたのでしょう、わきの出入口へ、すっと消えてしまいました。探偵たちはあとを追いました。
　「やつは、きっと、自分の計画を実行できる機会をうかがっていたんだ。さっき食堂には、4人の警備員も、保険屋のグリースバッハも、いなかったからね！」なかまたちといっしょに階段をかけおりながら、フローがいいました。

　「たぶん、ここだよ！」フィリップがそういって、半開きのスチール製のドアから機関室にすべりこみました。
　くろグミ団は、あたりを見まわしました。そのとき、とつぜん機関室の明かりが消えて、なにも見えなくなりました。
　「ちぇっ、どういうつもりだ？」フローが悪態をつきました。
　「ブレーカーを落としたのかな？」フィリップはそういって、暗闇のなか、手探りでそれらしい装置にたどりつき、明かりを復活させました。
　「きっと、あそこにひそんでるにちがいないわ！」と、カーロが確信していいました。

問題▶▶カーロは、ウェイターがどこにかくれていると
　　　　考えたのでしょう？

12　トロッケンホルンに到着

「あのドラム缶よ!」カーロはそう確信して、フィリップとフローをつれていきました。ふたの取っ手のむきが、停電のまえとあととで、かわっていたのです。

フィリップがすぐに警備員をよびました。ドラム缶にかくれていた問題のウェイターは、ひっぱりだされ、おとなしく連行されました。ところが、エメラルドのネックレスは、油まみれのウェイターからも、機関室からも発見されませんでした。

翌朝、くろグミ団の3人は、ふたたびデッキで落ちあいました。

「あいつ、魚みたいにだまりこくってて、なにもさぐりだせなかったんだって」と、フィリップがいいました。

「いったい、ぬすんだものをどこにかくしたのかしら?」と、カーロ。

「だれか黒幕がいるんじゃない?」フローがいいました。

クルーズもいよいよ終わりに近づいていました。それ以上の事件は起きませんでしたが、犬のダイヤモンドつき首輪も、エメラルドのネックレスも見つからないままです。

ロジタニア号は、昼には目的地のトロッケンホルンの港に着きました。錨がおろされると、船客たちは下船をはじめました。

そのとき、フィリップがデッキの手すりから身を乗りだして、さけび声をあげました。

「きょうは、ついてるぞ!　なんなら陸上げの手伝いでもしようか!」

問題▶▶フィリップは、なにを発見したのでしょう?

13　ネプチューンの噴水

　フィリップが目をとめたのは、波止場のデコボコした石畳をいく手押し車でした。船からおろしたくだものと野菜の箱に、キラキラと光るものがまじっていたのです。
　しかも、手押し車の男には見おぼえがありました。あの釣りざおの男、犬のダイヤモンドつき首輪をまんまとぬすんで船内に消えた不審人物にまちがいありません。
　「船長に報告しなきゃ！」と、フローがいいました。しかし、フィリップは、手でストップの合図をしました。
　「そのまえに、あの盗品がどこに行き着くのか、黒幕はだれなのか、つきとめよう！」

　くろグミ団は、手押し車の男のあとを尾行しました。そして、建物の角から、荷台の箱がトラックに積みかえられるのを目撃しました。女のドライバーが男と短い会話をかわし、猛スピードで走りさりました。
　手押し車の男は、なにくわぬ顔をして船にもどりましたが、フィリップからの連絡をうけて待ちかまえていたロジタニア号の警備員に、あっさりとつかまりました。
　「でもこのあと、あのトラックを、どうやってさがしだすの？」市の中心への道を歩きながら、カーロがため息をつきました。
　「心配ないよ。あのトラックがだれのものか、もうわかったよ！」フローが勝ちほこったようにいいました。

問題▶▶トラックの持ち主は、だれだったのでしょう？

14　ヤブロンスキのあとを追って

　盗品を運んでいったトラックの会社名は、半分くらいしか読めませんでした。ところが、ぐうぜんにも町中で見かけた案内板に助けられて、「輸入食品店　エルゼ・ヤブロンスキ」というフルネームを推測することができたのです。

　くろグミ団は、さっそく、その食料品店へむかいました。
「いたずらっ子さんたち、どんなご用なの？」店に足をふみいれたとき、女の店主がたずねました。
「ぼくたち、くろグミのお菓子がほしいんです！」と、フローが店主と会話をはじめました。フィリップとカーロは、そのあいだに、店のなかをひそかに見まわしました。
「まちがった手がかりを追って、ここに来ちゃったかもしれない」と、フィリップがカーロに小声でいいました。
「でも、この人、さっきのドライバーとにてない？」と、カーロ。そしてあるものに気づいて、ささやきました。「わたし、かけてもいいわ。この店は、宝石どろぼうにぜったいからんでるはずよ！」

問題▶▶カーロは、なぜそこまで確信できたのでしょう？

ツルの森のどろぼう

1 ツルの森で

カーロは、棚の上から2段目にある木に目をとめていました。鏡に映った文字はさかさまでしたが、『宝石』という本の題名が、はっきり読みとれたのです。

くろグミ団はそのことをすぐに船長に、船長は港湾警察に知らせました。

食料品店へ急行した警察が徹底的に捜査すると、ふたつきのボンボン入れから犬のダイヤモンドつき首輪と、エメラルドのネックレスが発見されました。まもなく、宝石窃盗団のエルゼ・ヤブロンスキと共犯者の2人の男、すなわちウェイターと手押し車をおしていた男が逮捕されました。

秋のすばらしい天気の日に、くろグミ団はロジタニア号の事件を思いかえしながら、ツルの森を散歩していました。

「しーっ、あれはなんの音？ 行ってみようよ」と、フローがいいました。

それは、森のおくで、森林作業員が、弱って嵐でたおれそうな木をチェーンソーで伐採している音でした。

着いてみると、すでにあたりは切り株だらけ。4台のトラックには、枝を落とした状態の丸太が積まれていました。どの丸太と、どの切り株が合うか、カーロはそれぞれの年輪をむすびつけて、おもしろがっていました。ところが、とつぜん眉をしかめました。

「へんね、かたわれが見つからない切り株がひとつあるわ」

問題▶▶カーロは、どの切り株のことをいったのでしょう？

2　森林監視官はどこ？

　それは、小さな橋の手前にある大きな切り株のことでした。
　「7年の年輪のある丸太は、どこへ行っちゃったのかしら？」と、カーロがつぶやきました。
　「ふむふむ」と、フローがわけ知り顔でいいました。「これは、森林監視官にとっては大問題だろうな」
　「わたしも気になるわ！」と、カーロが同意しました。
　ふいに、うしろから作業員が話しかけてきました。

　「きみたち、ここの森林監視官はキルシュコーンというんだが、今日はミシェルバッハの村祭りに出かけているよ。ここから1キロもないから、標識のとおり歩いていけばいい」

　くろグミ団は、道にまようことなく、ミシェルバッハに到着しました。広場も通りも、人でうめつくされています。
　「ぼくたち、この人ごみのなかで、森林監視官を見つけられるかな？」と、フローがため息をつきました。
　「だいじょうぶ、ココがいるからね！」と、フィリップ。ココはくろグミ団の一員らしく、さっと空高く舞いあがりました。

問題▶▶キルシュコーン監視官は、どこにいるでしょう？

3　切り株の観察

　フィリップは、ココが、猟銃を肩にかけて歩いている制服姿の人物の真上で旋回したのを見のがしませんでした。その人は、ちょうどソーセージの屋台のそばにいました。
　くろグミ団はキルシュコーン監視官にかけ寄って声をかけ、森で見たことを話しました。
　「そいつはおどろいた、われわれのツルの森にどろぼうだって？」監視官は、額にしわを寄せました。それから、探偵たちとつれだって、現場にむかいました。

　森林監視官は、橋のそばの切り株をよくよく観察しました。
　「きみたち、勘がするどいねえ。この木は今日切られたんじゃない。数日まえに切られているよ。だれが切ったかはわからんが、昨日はうんと雨がふったから、どろぼうの足あとをさがすのはむずかしいね」
　森にはいっていくと、少しはなれたところに、大きな木がたおれて地面に横たわっていました。
　「これも、どろぼうのしわざ？」と、フロー。
　「ちがうでしょ」と、カーロがすぐに返しました。「あの木は、ひとりでにたおれたのよ。それも、ずっとまえにね。もう長いこと、あの状態みたい」
　「そのとおり！　きみは、じつにするどい観察をするねえ」監視官が感心して、カーロをほめました。

問題▶▶カーロには、なぜそうわかったのでしょう？

4 ハヤブサ峡谷での発見

その木が伐採されたものでないことは、木の皮がさけていることで明らかでした。さらにカーロは、横たわっている幹の上の、大きなキノコに注目していました。

「これはツリガネタケといってね」と、キルシュコーン監視官が説明しました。「サルノコシカケ科のキノコで、弱った木に生えるんだ。キノコの傘は地面とだいたい水平になるから、これは木がたおれたあとで成長したんだろう。倒れてから、かなり日数がたっているようだね」

子どもたちは、なるほどと、話に聞きいりました。でも、どうして森林局は、枯れた木をとりのぞかないのでしょう？

「自然のバランスを保つために、われわれはできるだけ森に手を加えないようにしているんだ」と、監視官。「さあ、今日はこのくらいにしておこう。とにかく、森林どろぼうのことを知らせてくれてありがとう。森の散歩を楽しんでおいで！」

けれども、くろグミ団は、捜査を打ち切りにはしませんでした。広い森を歩きまわり、午後にはハヤブサ峡谷に出ました。

「森林どろぼうは、またあらわれると思う？」と、フィリップがフローに問いかけました。

「さあ、どうかなあ」そういったあとに、フローがとつぜんさけびました。

「あれ、ちょっと見て！ そいつはひょっとして、この橋を通ったんじゃない？」

問題▶▶フローは、なにに気づいたのでしょう？

5　現行犯

　フローは、橋の反対がわのごつごつと張りだした崖に、斧が落ちているのを見つけたのでした。
　「きっと、森林どろぼうのものだ！」と、フィリップがいいました。
　「橋をわたるとき、手から斧がすべり落ちて……」とカーロはいいかけて、口を閉ざしました。「ねえ、あの音が聞こえる？」
　それはまさしく、ノコギリをひく音でした！　3人はつま先立ちで橋をわたり、それから岩場にそって進み、茂みをかきわけ、音のするほうへ近づいていきました。すぐ先で、森林どろぼうがまさに悪事をはたらいているのです。心臓がドキドキしています。
　「なにか見える？」と、フローがささやきました。ところがそのとき、バリッ！　こともあろうに、木の枝をふんづけたのです。
　見知らぬ男はパッと立ちあがり、ノコギリをわきの下にかかえて斜面をかけていきました。くろグミ団が茂みをぬけ森の道に出たとき、どろぼうのすがたは、もうありませんでした。
　「真新しいノコギリのあと！」たったいま男が挑んでいたオークの木を確認して、フィリップがいいました。
　「なのに、もうあとかたもなく逃げてった！」フローは、いまにも泣きだしそうです。

　どろぼうが消えた小道をたどっていくと、森のはずれの牧場に出ました。牛のむれが、おとなしく草を食んでいます。
　「あそこにいる人に、だれかこの道を通らなかったか、聞いてみましょうよ」と、カーロが提案しました。

問題▶▶カーロが声をかけようとしている人は、どこにいるでしょう？

6　なぞのつまった穴

　カーロが声をかけると、牛の乳をしぼっていた農夫が、立ちあがりました。
「ああ、さっき男の人がひとりぬけていくのを見たな」農夫は、にこやかにうなずいて答えました。「むこうに狩猟用の見張りやぐらが見えるだろ。あっちへ走って行ったよ」

　くろグミ団は、見張りやぐらへいそぎました。フィリップがやぐらによじのぼりましたが、どろぼうのすがたは影も形もありませんでした。
　カーロは、やぐらの周囲をたんねんに調べました。
「これはなにかしら？」カーロはやぶれた紙の箱をひろい、匂いをかぎました。「パイプ用のきざみタバコだわ」
「これ、さっきのどろぼうが落としたものじゃないかしら」カーロはなかまたちをよんで、自分の推理を伝えました。「もっとまえからあったなら、ゆうべの雨とか朝露でフニャフニャになってるはずよね」そういって、発見物をポケットにつっこみました。
　フローは道からそれて、枝やかん木をはらいのけながら、手がかりをさがしました。すると、見た目ではわからないように、枝と落葉でおおわれた穴が、ぽっかりあらわれたのです。
「あれれっ！　こんなところに穴が！」
　フィリップが懐中電灯で中をてらし、3人は目をこらしてゆっくり観察しました。やがてフィリップが、いいました。
「ここは、どうやらどろぼうのかくれ家らしいね」

問題▶▶フィリップは、どうしてそう判断したのでしょう？

7　ヤマネコ川で

　フィリップは、筒形の缶といっしょに棚におかれているパイプを見たとき、さっきカーロがひろったタバコの紙箱のことを思いだし、ぴんときたのです。森林どろぼうがここに滞在していたことを匂わせるものでした。
　「見て、ここのぬかるみに、新しい足あとがある！」と、カーロがさけびました。「こっちの方向へ、行ったにちがいないわ！」
　くろグミ団が足あとをたどっていくと、やがて流れの急なヤマネコ川に出ました。

　「足あとがなくなってる」と、カーロ。「でも、川を泳いでわたるなんて、考えられないわ！」
　「それじゃあ、モミの森のそばの、古い石橋までまわり道をしたってこと？」フィリップが、首をかしげました。
　「いや、やつは、べつの方法で川をわたったんだ」と、フローがいいました。

問題▶▶フローは、なぜそういったのでしょう？

8 犯人ちがい

「ほら、あそこを見て！」フローは川の対岸を指さしました。茂みのなかに、ボートの一部が見えていました。

「おやまあ、あのボートで、逃げたってわけね！」と、カーロがいいました。「わたしたち、完全におくれをとったわ！」

フィリップ、フロー、カーロの3人は、しかたなくモミの森のまわり道をとりました。

「ちょっと、あの木を見て！」すっかり元気をとりもどしたフローは、たおれたブナの木を指さし、いそいで近寄って、幹の部分を観察していいました。「これも、森林どろぼうのしわざ？」

フィリップとカーロは歩み寄ると、笑いながら、ぜんぜんちがう、と否定しました。

「この木を切った容疑を晴らすためには、だれかほかのホシをあげる必要があるね！？」と、フィリップ。

「かんたんよ！」と、カーロがつづけました。「真犯人くんは、わたしたちのすぐ近くにいるわ！」

問題▶▶カーロは、だれのことをいったのでしょう？

9　だれもいない森の家

　ブナの木が折れているところには、切ったあとでも、裂けたあとでもなく、動物がかじったあとがあったのです。カーロは、流れのそばにビーバーがいるのに気づいていました。
　「知ってる？　ビーバーっておもしろい動物なんだよ」フィリップが歩きながらいいました。「大きくてじょうぶな歯があるから、あっというまに木をたおせるんだ。木とか泥で、水のうえにダムをつくるんだよ」

　川をはなれてから、くろグミ団は小さな森の家のそばを通りかかりました。
　「だれかいますか？」と、フィリップが声をかけましたが、なんの返事もありません。家にしのび寄ろうとしたとき、3人は思わず悲鳴をあげそうになりました。黒ネコが、とつぜん雨どいから飛びおりてきたのです。
　「やっぱり、だれもいないや！」窓ごしに家のなかをながめたあとで、フローがいいました。
　カーロは、屋根の煙突を見あげて、なにか考えているようすです。
　「ぼくも気になったんだけどさ」と、フィリップがうしろから声をかけました。「でも、その疑惑はハズレだ。だって、この家のまわりに、薪のストックがぜんぜん見あたらないんだ。もし森林どろぼうの家なら、とうぜん薪を燃やすはずだろ。ここの住人は、薪以外の燃料を使ってるよ」

問題▶▶フィリップは、なにを発見していたのでしょう？

10　魔女の山への旅

「見て、石炭だよ」せんたくものの下におかれている袋を開けて、フィリップが断定しました。「この家は事件には無関係、シロってわけだ」

まもなく日がくれます。くろグミ団はツルの森からひきあげることにしました。

そこで森林どろぼうの調査は、いったん中止になりました。というのも、その後1か月あまりのあいだ、問題になるような事件はいっさい起きなかったからです。

クリスマスの季節です。冬休みまえの授業最終日の朝、売店のまえを通ったとき、カーロが『朝刊クーリエ』の見出しに目をとめました。

「ツルの森、またもや、モミの木盗難！」

夜のうちに雪がふりはじめました。そしてつぎの日の朝、外の世界はすべて白いマントに包まれていました。

「チャンスだ」フィリップはよろこびました。雪のなかでは、足あとがかんたんに見つかるからです。

くろグミ団の子どもたちは朝食をとると、さっそく冬服に身を包んででかける支度をしました。さあ出発です。魔女の山の頂上まで、ケーブルカーでいっきに登りました。目のまえには、ツルの森が広がっています。

しばらく森を歩いたあと、3人がふたたびケーブルカーに乗ったのは午後2時。フローはガラスに鼻をくっつけて、外を見ていました。

「おどろいたな！」と、フローがいいました。「景色がさっきとは、がらっと、かわってるよ」

「雪がどんどんふってる！」と、カーロがはしゃぎました。

「ちがうよ、ぼくは、べつのことをいったんだ！」

問題▶▶フローは、なにを見ておどろいたのでしょう？

11　さがしていたモミの木

　谷におりてくるやいなや、くろグミ団は森を横切って、ケーブルカーから見えた教会まで、山道をかけあがりました。
　フローは大いそぎで、教会の左うしろにならんでいる4本のモミの木のなかで、いちばん小さい木にむかって進みました。
「ぼくらがケーブルカーで頂上まで登ったとき、この木はなかったんだ」
　フィリップがそのモミの木の幹をつかんで、力いっぱい上へ引っぱりあげました。すると、木はスポンッとぬけました。
「ほんとだ、根っこがない！」と、フィリップはおどろいて、フローを見ました。どこかほかの場所で切られたものが、ここでほかの木とならべて雪に突きさしてあったのです。
「どろぼうは、散歩していた人かだれかに見つかりそうになって、この木をいそいで仮置きしたのかな」
「こっちに足あとがある！」と、カーロがいいました。「でも、このまま雪がふりつづいたら、消えちゃうわ」
「よし、じゃあ、ちょっとしたしかけをして、どろぼうの犯行を証明できるか、やってみよう！」フィリップはそういうと、とがった石をさがしてきました。幹の底の切断面に十字を刻みこみ、マジックペンで黒くぬりました。それから3人いっしょに、モミの木をもとの場所に立てました。

　3日後、クリスマス・マーケットが開かれました。大にぎわいのなか、くろグミ団は、モミの木売場を見てまわりました。
「ビンゴ！」とつぜんフィリップが小さくさけびました。「ほら、ぼくたちのモミの木だよ！　さあ、やつを押さえろ！」

　問題▶▶さがしていたモミの木は、どこにあるでしょう？

12　エリーゼ村への逃亡

「ほら、あそこに、ぼくたちが十字を刻んだモミの木がある！」フィリップは、フローとカーロにささやきました。

くろグミ団は、パイプをくわえて立っている店番に、そっとしのび寄りました。男はキャンドルを売っている屋台のうしろで、クリスマス・ツリーを売ろうとしていました。

「おまえたち、とっとと失せろ！」3人が近づくと、男は意地の悪い顔をしていいました。

「気をつけて。あいつ、逃げるつもりよ！」とカーロがささやいたまさにその瞬間、男は屋台のうしろの細い路地に、すがたを消したのでした。

探偵たちは、すぐさま男を追跡しました。雪はあいかわらず、ふりつづいています。

「わたしたち、運がいいわ」と、カーロがいいました。「雪についた新しい足跡が、道を教えてくれるもの！」

くろグミ団は、1キロはなれたエリーゼ村まで、森林どろぼうのあとを追いました。集落には家はわずかしかありませんでしたが、足あとがたくさんついていました。

「ああ、もうわからなくなっちゃったよ」と、フロー。すると、

「あの男がどこにかくれてるか、わかったわ！」と、カーロがいいました。集落の入口から、新しいひと組の足あとだけを見て追ってきたのです。

問題▶▶男は、どの家にかくれたのでしょう？

13 手先の器用などろぼう

「あいつはここにいる。まちがいないわ！」カーロは、3番の家で足をとめていいました。

「しーっ、しずかに！」庭をぬけ、玄関のまえに立ったとき、フィリップがそっと注意しました。

「ほんとうだ、この家のなかにいるよ！」目を細め、ドアの鍵穴からのぞいていたフローが、ささやきました。「はあ……そういうことか。これですべてはっきりしたぞ！」

フローはつづけました。

「なんて抜け目のないやつだ。あいつは、無断で切りだしたクリスマス・ツリーを売ってるだけじゃない。ほかにも、森から切りだした木材を利用して、かせいでるんだ！　あててごらんよ、つぎの祭日のために、いまなにを作ってるか」

問題▶▶森林どろぼうは、なにを作っていたのでしょう？

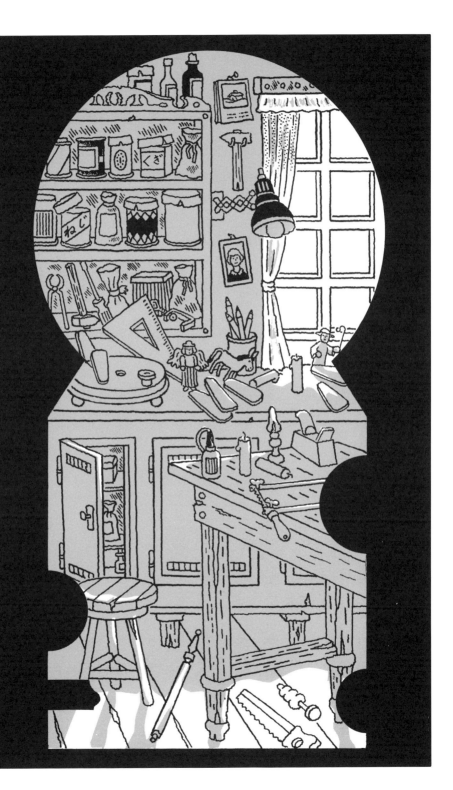

14　クリスマス・マーケットでの大づめ

　フローの観察により、どろぼうは、クリスマス用のキャンドル・スタンドを工作していることがわかりました。木切れから、うすい木の羽根や天使などのかざりを作って組み立て、キャンドルの熱でゆっくりまわすしかけです。なんて器用なのでしょう。しかし、いまは感心している場合ではありません。
　フィリップはただちに携帯電話で、ラース警部とレオさんに連絡しました。そして、3人は3番の玄関まえで待ちました。
　「おそいなあ、まだかなあ？」しびれを切らしたフローが、腕時計を見ました。
　「おいっ、あの音はなんだ？」フィリップがフローをさえぎりました。そして大いそぎで、家のうらへまわりこみました。「すばしっこいやつめ、テラスから逃げられた！」その声は、オートバイのモーター音にかき消されました。
　くろグミ団は、庭の垣根のところで、走りさるオートバイのテールランプをかろうじて見とどけたのでした。
　それからまもなくして、ラース警部とレオさんが到着しました。みんなそろって、追跡開始です。

　「やつは、ここに身をかくしてる。まちがいない！」クリスマス・マーケットに到着したとき、フィリップは確信していいました。「あそこにオートバイがとめてある」
　「いたわ！　かごのなかの鳥よ！」と、カーロが笑いました。

問題▶▶森林どろぼうは、どこにいたのでしょう？

レースのえり飾りのなぞ

1 牛乳配達がやってきた

　森林どろぼうはオートバイを乗りすてて、なんとメリーゴーラウンドにすべりこんでいたのです。アヒルとウマにはさまれたワゴンに乗ってぐるぐるまわっているところを、カーロが見つけました。どろぼうはそこで御用となり、事件はみごと解決しました。

　いつだって、新しい冒険を待ちのぞんでいるくろグミ団でしたが、その後は、これといったなぞに出くわすことはありませんでした。やがて季節はめぐり、春になりました。
　5月の終わり、気持ちのよい朝の登校時のことでした。よく見かける牛乳配達の車が57番地の建物のまえでとまり、配達人が牛乳びんを2本もって建物のなかにはいっていきました。少ししてから、また車は出発しました。ところが、いつもなら65番地、73番地にも配達するところを、ノンストップで走りさったのです。それも、ものすごいスピードで。
　「おっと」と、フィリップが、あっけにとられていいました。「やけにいそいで、どうしたんだろう。なんか、おかしいぞ？」

問題▶▶フィリップは、なにに気がついたのでしょう？

2 書棚のさがしもの

「わかった！」フィリップがさけびました。「くつがちがったんだ。57番地から出てきたのは、配達人とは、べつの人なんだ」

くろグミ団は、すぐに57番地の建物にひきかえしました。

フィリップの直感どおりでした。アパートの玄関ホールの階段の下には、ほんものの牛乳配達人がたおれていたのです。カーロがよびかけると、配達人は気がついて目を開けました。

「頭をひどくなぐられて……そのあとのことは……」

2階のドアが広く開いています。部屋をのぞくと、中はめちゃくちゃに荒らされていて、だれもいません。そこは著名な美術史家の教授の住まいでした。子どもたちは、すぐレオさんとラース警部に、携帯電話で知らせました。

カーロは、床に投げだされていた重厚な本をひろいあげました。好奇心にかられてパラパラとめくると、195ページと196ページがひきちぎられていることがわかりました。

「におうぞ」と、フィリップがいいました。「『迷宮美術史博覧』か。なくなっているページには、なにがあったんだろう？」

本の出版年は1827年。こんな古い本を見ることができる場所はただひとつ、国立図書館の特別閲覧室しかありません。

放課後、くろグミ団は特別閲覧の許可証をもらって、国立図書館へ行きました。革の表紙に箔押しがほどこされたりっぱな本、本、本！ 3人は時間をかけて、問題の本をさがしました。ようやく見つけたのはカーロでした。

問題▶▶その本は、どこにあったのでしょう？

3 未亡人の肖像画

　カーロは、背表紙に菱形もようが 3 つある本を指さしました。係の人が、移動式の脚立を左手の大きな書架まで押していき、地球儀のとなりから、その本をおろしてくれました。

　ドキドキしながら開いてみると、195 ページには女性の肖像画がのっていました。題名は「レースえりの貴婦人」。

　196 ページは、絵についての解説でした。17 世紀末か 18 世紀初めに描かれた油彩画であること以外、画家についても、絵のモデルについても不明。今日まですべてなぞに包まれたままだ、と書かれていました。

　そして、こうむすばれていました。「ぜいたくな服装と、憂いに満ちたまなざしから想像するに、モデルは高貴な身分の未亡人の可能性が高い」と。

　「その絵はすばらしい作品だが、あまり知られていないんだ」と、係の人が教えてくれました。「ちょうどいま、市立美術館で開催中の『知られざる傑作』という展覧会に出品されているよ。行ってみたらどうだい。一見の価値はあるよ」

　くろグミ団は興味をかきたてられ、美術館へ走りました。その絵はすぐ見つかりました。フローが拡大鏡をとりだして、調べはじめました。

　「あんまり近づかないで！」と、カーロ。「警報が鳴るわよ」

　フローは、無我夢中でした。というのも、絵の下のほうに"E.U."という文字を見つけたからです。それだけではありません。

　「ちょっと、信じられる？」フローは大興奮です。「ね、よく見て。レースえりに、文字がかくされてるよ」

問題▶▶フローはどんな文字を読みとったのでしょう？

4 教会簿のなかの発見

　レースえりのもようのなかには、上下さかさの文字で"Aisuru Aron Igustih"（あいするアロン・イグスティ）とあったのです。
　「いったいなんのメッセージなんだろう？」フローは文字をじっと見つめています。「あ、これ、逆からも読める！」
　「"Hitsugi Nora Urusia"」（ひつぎ　ノラ　ウルシア）フィリップが身を乗りだして、読みあげました。「さっぱり意味がわからないけど」
　「この貴婦人には、こんなふうにする理由があったんじゃないかしら。名前は明かさないまま、でもそれを秘密の情報として、絵のなかにのこそうとした……」と、カーロが推測しました。

　くろグミ団の本部である「ハトの心臓」にもどった3人は、インターネットで調べ、おどろくべき事実をつきとめました。"ノラ・ウルシア"は、海賊アロンが宝物を捧げたという伝説の伯爵夫人エレオノーラ・ウルシアの略称にほぼまちがいない、ということがわかったのです。
　「フローが見つけた"E.U."ともぴったりだね。つまり、あの絵は自画像ってわけか」フィリップが深呼吸をしました。

　つぎの日はちょうど土曜日だったので、くろグミ団はさらに調べた情報をたよりに、伯爵夫人ゆかりの地マリエン・ヴェルダーへとでかけました。
　教会の司祭が探偵たちをあたたかくむかえ、昔の教会の記録簿を見せてくれました。フィリップは思わず、歓声をあげました。

問題▶▶教会の記録簿にはどんなことが記されていたのでしょう？

エードゥアルト生まれた 1613年4月17日

ロスヴィタ・ヴィルス 死去した 1614年 5月16日

シュトルツェンフェルス出身の伯爵夫人イザベラは当地で堅信礼を受けた 1615年 8月の第?日曜日のこと

王女イルゼビル ?う年 1646年 ?月18日誕生

?17年8月に ?ヒテ家 ?ルトラン ?ゴール ?19年 ?ルガ

イージドール・ロスバルト、すなわちロスバルトとベルナーシュ出身のマリアとの間の息子は1627年2月16日に生まれた

オティリー・バルクザニーは1629年5月19日に生まれた

ユリウス・ペルニーはエマ・ルイーズ・カタリーベルニーが1631年4月26日に生まれたこと当地の教会に届け出した

ロデリヒ・グリュンベルク、すなわちミューレル・アロングリュンベルクの息子は1639年5月3日生まれた

ヴォルコ出身のカタリーナは1641年5月7日に死去

ルートヴィヒ ✲1607.5.2生 1654年7月27日死去

オディレ・ローズ 1657年10月31日に生まれた 1659

アンセルム・ベルノ 5月13日に生まれた 1661年 V.16

クロール家のバルドヴィン ?ニグンデ・ローゼンは ?伯爵 誕生

1641年3月19日に生まれた そして1669年の10月17日に死去した

ベルトールド・カーネギーセルは1673年11月6日に娘エリザベートを出産したと届け出た

イルゼビル・クロンシュタインは亡き夫コンラートの遺産を聖なるボダイジュ病院へ寄付することを公表した 1679年の3月31日のこと

ヘンドリック・ヴァイヘンシュタイン 1684年4月11日にスザンヌ・クルツボルクと結婚した

グスベルト・キーシュタイン イゴール・スクロッキは小屋を引き継いだ。1687.5.31

尊敬すべきエレオノーラ・ウルシア伯爵夫人、すなわち恐るべき海賊アロンの未亡人は本日1702年2月17日にこの地で逝去した

カシミール・ピエル 1631.7.生

アデー?・グスタ?
オットー?
2月9日 生まれ、 死去し
アデーレ・スロ?
クリスティン・ヴ?
彼女のむすめ
ミリアムを出産し?
届け出。婚姻届
ヘルゲとドロテー
バーテン・バルバン
とユリウス・カスト
ジップガブ家のテオドル
シャルロッテ・ヘンリエッテ
ダニエルツィクと結婚
1709年7月26日と
公表された
1713年7月18日生まれ
クララ・アデレ・ヘンペル

5　マリエン・ヴェルダーの教会

「尊敬すべきエレオノーラ・ウルシア伯爵夫人、すなわち恐るべき海賊アロン・イグスティ未亡人は本日1702年2月17日にこの地で逝去した」と、フィリップが読みあげました。

「伯爵夫人は、近くの海岸教会に埋葬されていますよ」と、司祭が教えてくれました。「海賊アロンは投獄されるまえに妻に宝物をあずけたにちがいない、といわれていますが、その宝物は発見されていません。おそらく伝説にすぎないのでしょう。でも、もしあなた方がこのなぞを解明できたら、それは、たいそうなことですよ」

「ぼくたち、まず、エレオノーラ・ウルシアの墓をさがさなきゃいけないね」フィリップのよびかけで、くろグミ団は海岸教会へのせまい小道をかけおりていきました。

フィリップ、フロー、カーロの3人は、小さな礼拝堂のなかにはいり、床にはめこまれた墓石板がよく見わたせるように、側廊のバルコニーにのぼりました。

「わたし、なぞの伯爵夫人は、あそこに埋葬されてると思うの」しばらくして、カーロがいいました。

問題▶▶カーロは、伯爵夫人の墓はどこにあると思ったのでしょう？

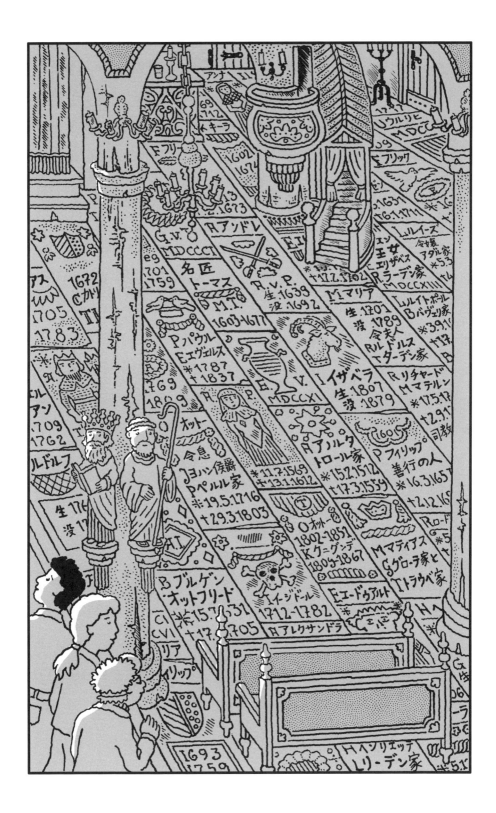

6　トンネル内での突発事件

　カーロの視線は、"E.U."の頭文字と、死亡年月日が刻まれた墓石板に注がれていました。伯爵家の紋章であるギザギザが9つある冠も彫られています。くろグミ団は、説教壇にのぼる階段の下にある墓石板に近寄って、調べました。

　「開けられたあとがある！」と、フィリップがいいました。とがったノミを使ったのか、荒々しい傷がのこっています。

　「ひどい！」と、カーロ。

　と、そのとき、だれかがあわただしく礼拝堂を立ちさる足音が聞こえました。フィリップの視界のはしを、縞のズボンとボストンバッグが、ちらっと横切りました。

　くろグミ団は、その男を追ってマリエン・ヴェルダー駅までやってきました。男はちょうど到着した列車に乗りこみました。くろグミ団も、発車すれすれにまにあって飛び乗りました。そして、ガラスごしに、男が食堂車の席に着くのを見とどけました。

　「ここからは逃げられないわ！」列車がトンネルにはいったとき、カーロがいいました。17時43分でした。

　トンネルをぬけ、ふたたび明るくなった車内で、腕時計の文字盤を見つめていたフィリップが計算しました。「22秒！」

　「うしろ暗いことをやるには、じゅうぶんな時間だね」と、フローがいいました。

問題▶▶22秒間の暗闇で、なにが起きたのでしょう？

7　クルグランケン駅にて

　列車がトンネルから出たあと、食堂車の右がわの列のテーブルにすわっていた水兵服すがたの女性客が、消えていました。それと同時に、縞のズボンをはいた男のボストンバッグも消えたことに、フローは気づいたのです。
　「あいつはバッグがなくなっても、ぜんぜん気にしてないね」と、フィリップがいいました。
　「きっと、あの2人はぐるよ。示しあわせて、わたしたちをかわそうとしているんだわ。伯爵夫人のお墓から、なにをぬすんだか、追跡しなきゃ」と、カーロが答えました。
　このスピードでは、車外にとびおりることは不可能です。
　つぎのクルグランケン駅に着くと、水兵服の女はべつの車両からプラットホームにおり、出口のほうへ走っていきました。
　「あそこだ！」と、フィリップがさけびました。
　「追っかけるのよ！」と、カーロ。くろグミ団は、車両のステップからとびおりました。
　水兵服の女は、駅まえの群衆にまぎれこみました。くろグミ団は、きょろきょろと、けんめいにさがしました。もう一瞬おそかったら、探偵たちは完全に女を見うしなっていたでしょう。さいわいにも、フィリップが、うしろすがたをちらっと見たのでした。

問題▶▶水兵服の女は、どこにすがたを消したのでしょう？

8　中庭での張りこみ

「たしかに、この細い道にはいっていくのを見たんだ」
　フィリップが先導して、3人は錠前屋リプカの右手の小路にはいっていきました。
　小路はアパートの中庭に通じていました。古道具が散らかっていて、中庭から出入りする建物のドアがならんでいます。
「あの水兵服の女は、ここのどっかにはいったにちがいない。だけど、いったいどのドアかなあ？」

　「もう一度出てくるまで、見はるしかないよ」と、フローは提案し、材木置場へむかいました。そこなら見通しがきくと考えたからでした。

　だんだんとうす暗くなってきました。中庭をてらしているのは、街灯の弱い光だけ。くろグミ団はなぞなぞを出しあいながら、いまかいまかと待ちましたが、30分以上たっても、なにも起こりません。
「こんなことって、ありえない！」と、不意にカーロが立ちあがりました。「わたしたちがあそんでるすきに、だれかが中庭を横切ったにちがいないわ！」

問題▶▶カーロは、なぜ、そういったのでしょう？

9　奇妙な物音

　まったく、そのとおりでした。中庭のおくの自動販売機から飲みものをとっていった人がいたのです。左の上から2番目の棚がからになっていました。
　「張りこみは失敗だわ」と、カーロがくやしがりました。
　「しーっ！」と、フローがいいました。「なんか聞こえない？」
　くろグミ団は、奇妙な物音がどこから聞こえてくるのか、神経を集中しました。

　「むこうのほうだ！」と、フィリップがさけびました。

　フィリップ、フロー、カーロは、Eの左どなりのFのドアへ走っていき、そっと足をふみいれました。格子窓からわずかな光がさしているだけです。
　「やっぱり、からさわぎか！　たぶん、ネズミかなんかだろ」と、フローがいいました。
　「ちがうよ。だって、あそこに、さっき海岸教会で見かけた縞のズボンの男がいる。あいつと水兵服の女は、同じ穴のムジナだってわけだね！」と、フィリップがささやきました。

問題▶▶縞のズボンの男は、どこにいたのでしょう？

10　マリエン・ヴェルダーからの盗品

　階段右手の旧式エレベーターが、ギチギチと音をたてながら動いていました。フィリップは、左がわのかごが、縞のズボンの男をのせてゆっくりのぼっていくのに、気がついたのです。

　「こういうエレベーターは、もう過去のものだと思ってた」と、フローがいいました。

　「片方が上り専用で、もう一方は下り専用。ぐるぐる循環してるんだ。とっくの昔に製造中止になった代物さ」と、フィリップ。

　イライラするほど長いあいだ待って、ようやくつぎの上りのかごがまわってくると、探偵たちはとび乗りました。ゆっくりと各階をすぎていきましたが、住民がいる気配はありません。ここは廃屋なのでしょうか。3人は最上階の4階で、エレベーターをおりました。

　ホールおくのドアの横に「船具　プコルニー父子商会」という黄ばんだ貼り紙がありました。

　「ここがあやしい！」フィリップは聞き耳をたてました。ドアのむこうから、話し声が聞こえます。「ここだと見つかっちゃう。あっちへ移ろう」そう小声でいって、となりの小部屋を指さしました。

　小部屋には壁の高いところに小窓があり、半開きになっていました。そこからとなりの事務室を観察できるように、フィリップはフローを肩車しました。

　「なにをいってるのか聞こえる？」と、フィリップがきくと、

　「いや、なにも」と、頭上からフローが答えました。「だけど、おそらくあれは、海岸教会からぬすんだものだと思うよ！」

問題▶▶フローは、なにを見つけたのでしょう？

11　不可解な言葉あそび

　フローはうす明りのなかで、タンスの上の古い船の模型のうしろに、骨が1本はいった遺物箱を発見していました。さらに、2人が遺物箱の下の小さな引きだしから羊皮紙の巻き物をとりだすのも、見のがしませんでした。
　「ちぇ、またか！　めんどうだな」と、男がつぶやきました。「なんて書いてあるのか、早く読んでくれ。おれは、伝説の宝物とやらを、さっさと手にいれたいんだ。これ以上、待てねえ」
　水兵服の女は巻き紙を広げて、読んで聞かせました。

　　　かんきのなつびが（歓喜の夏日が）
　　　いるかとねむり（イルカと眠り）
　　　ことりのでるほんくる（小鳥のでる本繰る）
　　　たのしきやしのしま（たのしき椰子の島）

　フローは、カーロに書きとるように、合図を送りました。
　「なんなんだ、これは？　おれたちをバカにしてるんじゃないか！」男は大声で、伯爵夫人と海賊をののしりました。

　くろグミ団の子どもたちは、泥棒たちと鉢合わせしないように、すばやくその場をはなれると、ラース警部とレオさんの待つ「ハトの心臓」へ大いそぎで帰りました。
　「うーむ、こいつは、むずかしいなあ。おそらくアナグラムってやつだ」と、レオさんはうなりました。「それぞれの単語や文のなかで、文字のならべかえをすると、まったくちがう意味になるんだよ！　濁音や小さい文字は気にしなくていいけど、文字をぜんぶ使うのがルールなんだ」

　問題▶▶なぞの詩句には、どんな意味が秘められていたでしょう？

歓喜の夏日が
イルカと眠り
小鳥のでる本繰る
たのしき椰子の島

12　ヴァルデスハウゼンでの観察

　文字のならべかえは困難をきわめましたが、レオさんはなんとかその詩句を解読し、なかまたちに新しい文章を読んで聞かせました。

　　ながびつのきんか（長びつの金貨）
　　いかりとねむる（錨と眠る）
　　ぐるんでるこのほとり（グルンデル湖のほとり）
　　ししゃのしまのきた（死者の島の北）

「すごいや、なぞが解けた！」と、フロー。
「よーし、宝さがしにでかけよう！」と、フィリップ。

　さっそくつぎの日、なかよし3人組は、グルンデル湖への旅に出発しました。
　グルンデル湖のほとりの町、ヴァルデスハウゼンの駅に列車がはいったときでした。
　「わっ、あそこにどろぼうのカップルが！」と、カーロがさけびました。
　列車の窓から、バイクに乗って走りさってゆく2人が見えたのです。
　「また、先をこされた！」フローが腹をたてていいました。
　フィリップは、バイクのナンバーを見て、"HX−372"と、いそいでメモ用紙に書きとめました。
　「だいじょうぶ、また見つけだせるわ。ともかく、あのバイクの行く先は、はっきりしてるから」と、カーロがいいました。

問題▶▶どろぼうカップルは、どこへむかっているのでしょう？

13　キャンプ場にて

　バイクに乗った2人の泥棒は、2キロはなれたキャンプ場を目指していました。

　5月終わりの週末で、おまけに天気がよかったので、キャンプ場は大にぎわいです。

　くろグミ団は、ところせましとテントがならぶキャンプ場のなかを、問題のバイクをさがしながら進みました。そして、ついに"HX-372"のナンバーのバイクを見つけました。いちばん小さいテントの横にとまっています。テントの入口は開けっぱなしで、だれもいませんでした。

　「あいつらはいま、なにをしていると思う？」と、フィリップは考えこみました。

　「あの人たちが宝物を手にいれるため、すでに出発してなければいいけど」と、カーロがつぶやきました。

　「いや、あまく見ないほうがいい」と、フローがいいました。「2人はどうやら、どこで宝物をさがすべきか、正確な情報をつかんだらしい。さあ、すぐに追跡だ！」

問題▶▶フローは、なにを見てそういったのでしょう？

14　湖岸での発見

「ぼくたちはこれ以上、時間をむだにできないよ！」と、フローがなかまたちにいいました。"HX-372"のバイクがとまっている横のテントのなかに、潜水用の装備があったのを見たからです。

くろグミ団の3人は、すぐに自分たちの仕事にかかりました。まず、伝説にまつわる宝物をさがしだすこと。それは、どこかグルンデル湖のほとりから遠くない、死者の島の近くに人知れず眠っているにちがいないのです。

くろグミ団はさっそく、キャンプ場の店でシュノーケル、足ひれ、潜水用のゴーグルを3人分手にいれました。それからボートを借りると、死者の島をめざして出発しました。

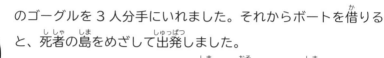

はじめて足をふみいれたその島は、恐ろしげな島の名前からはほど遠い、平和でのどかなところでした。アヒルがクワッ、クワッと鳴き、そよ風がアシをざわめかせています。

島の土手にそってかけだそうとしたとき、とつぜん、フィリップがフローとカーロを押しとどめて、ささやきました。

「ごらん、またどろぼうたちに先をこされてる。やつらは、うまいこと見当をつけてるんだ！」

問題▶▶どろぼうカップルは、どこにいたのでしょう？

15　海賊の宝物

　岸辺には、背の高いアシがしげっています。そのまん中に、ゴーグルをつけた2つの顔がのぞいていることに、フィリップは気がついたのです。宝さがしのどろぼうカップルにちがいありません。

　フィリップが携帯電話でラース警部に知らせると、警部は、すぐヴァルデスハウゼンの警察に連絡すると約束しました。しかしそのとき、どろぼうカップルは、すでに水のなかに消えていました。追っ手がせまっていると気づいたのです。

　フィリップ、フロー、カーロも、じっとしてはいられません。3人は死者の島の北がわをめざして、かけ足で島を横断。シュノーケルと足ひれ、ゴーグルを身につけて、グルンデル湖の冷たく深い水のなかにはいりました。はたして、どろぼうカップルより先に、宝物を見つけることができるのでしょうか。

　くろグミ団の熱意は、むくわれました。フィリップはするどい勘をはたらかせ、ついに海賊の宝物がしずんでいる場所にもぐりました。そこからまっすぐ上昇して息つぎのため水面に顔をだすと、つぎはフローが水中にすがたを消し、同じように秘密の宝物を見つけました。水面にあがってきたフローは、にっこり笑い、今度は3人いっしょにもぐりました。

問題▶▶海賊の宝物は、どこにあったのでしょう？

16　集合場所は水車

　岩の裂け目に、錨つきの小さな長びつが、ありました。フィリップとフローとカーロは、力をあわせて、それを引っぱりだそうとしましたが、岩にひっかかって、うまくいきません。そうこうするうちに、おどろいたことに、あのどろぼうカップルの影が見えたのです。2人はすぐ近くにかくれていて、すきあらば宝物を奪いとろうと、くろグミ団の子どもたちを見張っていたのです。これは危険です。

　と、そのとき、ヴァルデスハウゼン警察の警官2人が到着しました。どろぼうカップルは、一目散に逃げていきました。こうして宝物のはいった長びつは、何百年もの時をへて、ついに湖底から引きあげられたのでした。

　そのあと、くろグミ団と警官たちは協力して、どろぼうカップルが島内の水車小屋にいることをつきとめました。
　「動くな！　おまえたちを逮捕する！」と、警官がさけびました。
　「われわれをどうするおつもりで？　なにも悪いことをした覚えはないですが」と、縞のズボンの男はしらを切りました。
　「それは、これから明らかになるさ！」と、フィリップがなかまたちに小声でいいました。「この人たち、とんでもないものを持ってる。じゅうぶんな理由になるよ」

問題▶▶フィリップは、なにを発見したのでしょう？

17 『夕刊クーリエ』から

事件は、早くもその日の夕刊でつたえられました。
「警察によると、男女2人の容疑者は、グルンデル湖畔の古い水車小屋でピストルを所持しているところを逮捕された。回転中の水車のなかに発見されたピストルは、安全に処置された」
さらに、「2人の容疑者は、有名な海賊アロンがのこした伝説の宝物をぬすもうとしていたことも自供した」と、事件の一部始終をくわしく報じていました。
そして、くろグミ団が行なった捜査についても大きく紙面をさき、記事はこうむすばれていました。
「この若く賢い探偵たちのおかげで、宝物のなぞはついに解き明かされた。アロンの宝物がはいった長びつは湖底から引きあげられ、この海賊のさいごの船の錨とともに、うやうやしくヴァルデスハウゼンの市長に手わたされた。後日、市立美術館に展示されるということだ」

帰りの列車で、くろグミ団の子どもたちは、それぞれに今回の事件をふりかえっていました。
「300年も眠っていた宝物を発見したなんて、すごい冒険だったなあ」フィリップが、オウムのココにナッツを食べさせながらいいました。
「美しいエレオノーラの瞳に乾杯ね！」と、カーロはうれしそうです。
「ぼくだったら、レースのえり飾りに、だな」フローはそういうと、拡大鏡にフーッと息をふきかけました。

くろグミ団は名探偵 紅サンゴの陰謀
ユリアン・プレス作・絵

2016年12月9日　第1刷発行
2023年9月25日　第4刷発行

訳　者　大社玲子

発行者　坂本政謙

発行所　株式会社　岩波書店
〒101-8002 東京都千代田区一ツ橋 2-5-5
電話案内 03-5210-4000
https://www.iwanami.co.jp/

印刷・理想社　カバー・半七印刷　製本・中永製本

ISBN 978-4-00-116003-1　NDC 943　128p.　23cm　Printed in Japan

岩波書店の児童書

◆ 絵解きミステリーで探偵力アップ！ ◆

岩波少年文庫
くろて団は名探偵

ハンス・ユルゲン・プレス 作　大社玲子 訳

小B6判・並製　　定価836円

くろグミ団は名探偵

カラス岩(いわ)の宝物(たからもの)
石弓(いしゆみ)の呪(のろ)い
紅(べに)サンゴの陰謀(いんぼう)
S(エス)博士(はかせ)を追(お)え！
消(き)えた楽譜(がくふ)

菊判・並製・128頁
各定価1430円

ユリアン・プレス 作・絵　大社玲子 訳

岩波書店　定価は消費税10％込です　　　　　　2023年9月現在